Lia y Luís

¿Quién tiene más?
Who Has More?

BISCOITO DE POLVILHO

Ilustrado por
Illustrated by

Traducido por
Translated by

Ana Crespo   **Giovana Medeiros**   **Carlos E. Calvo**

ᴑ Charlesbridge

Luís siempre es muy presumido.

Luís is always quick to brag.

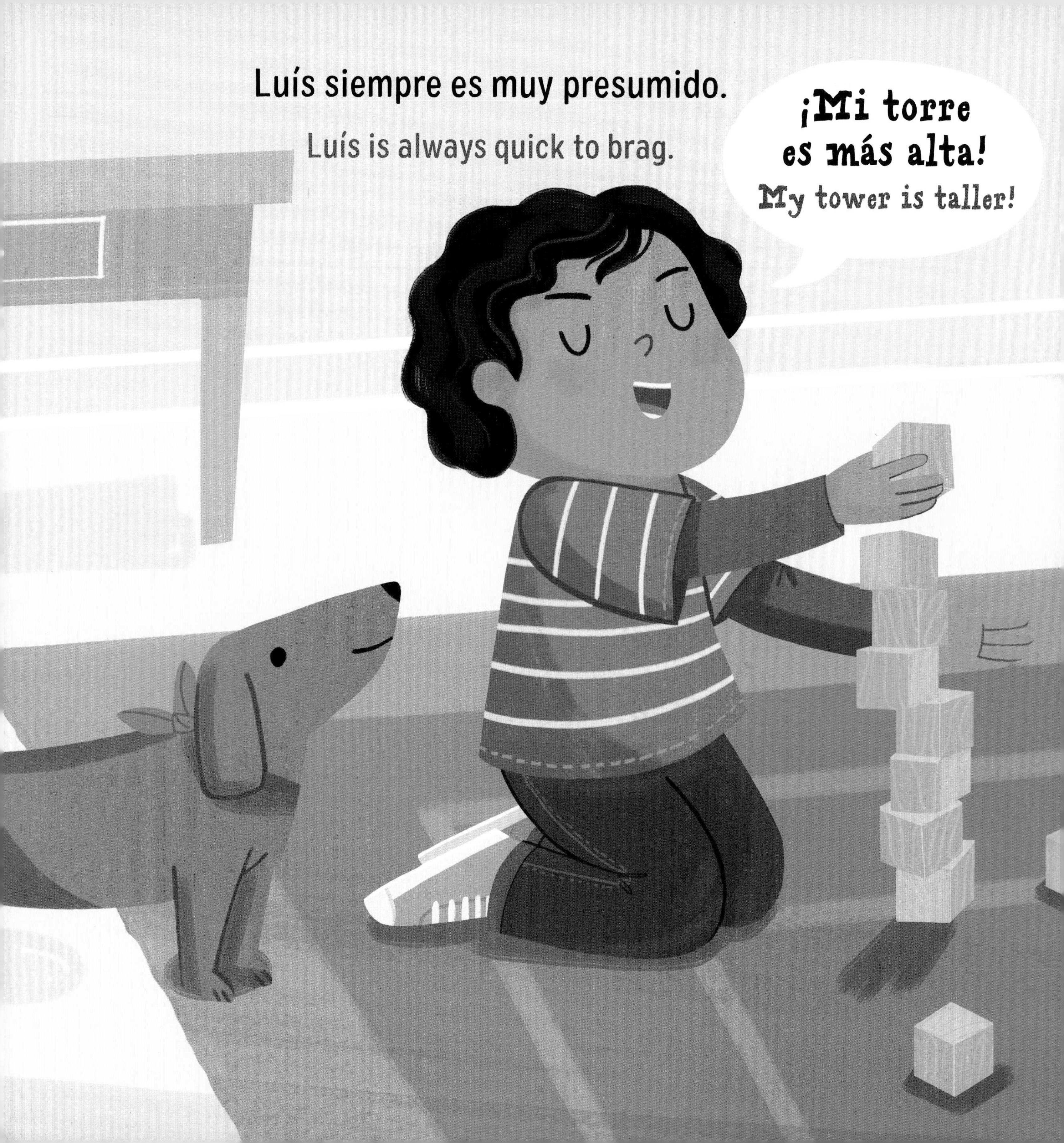

Por lo general, a su hermana
eso no le importa.

Usually his sister
doesn't mind.

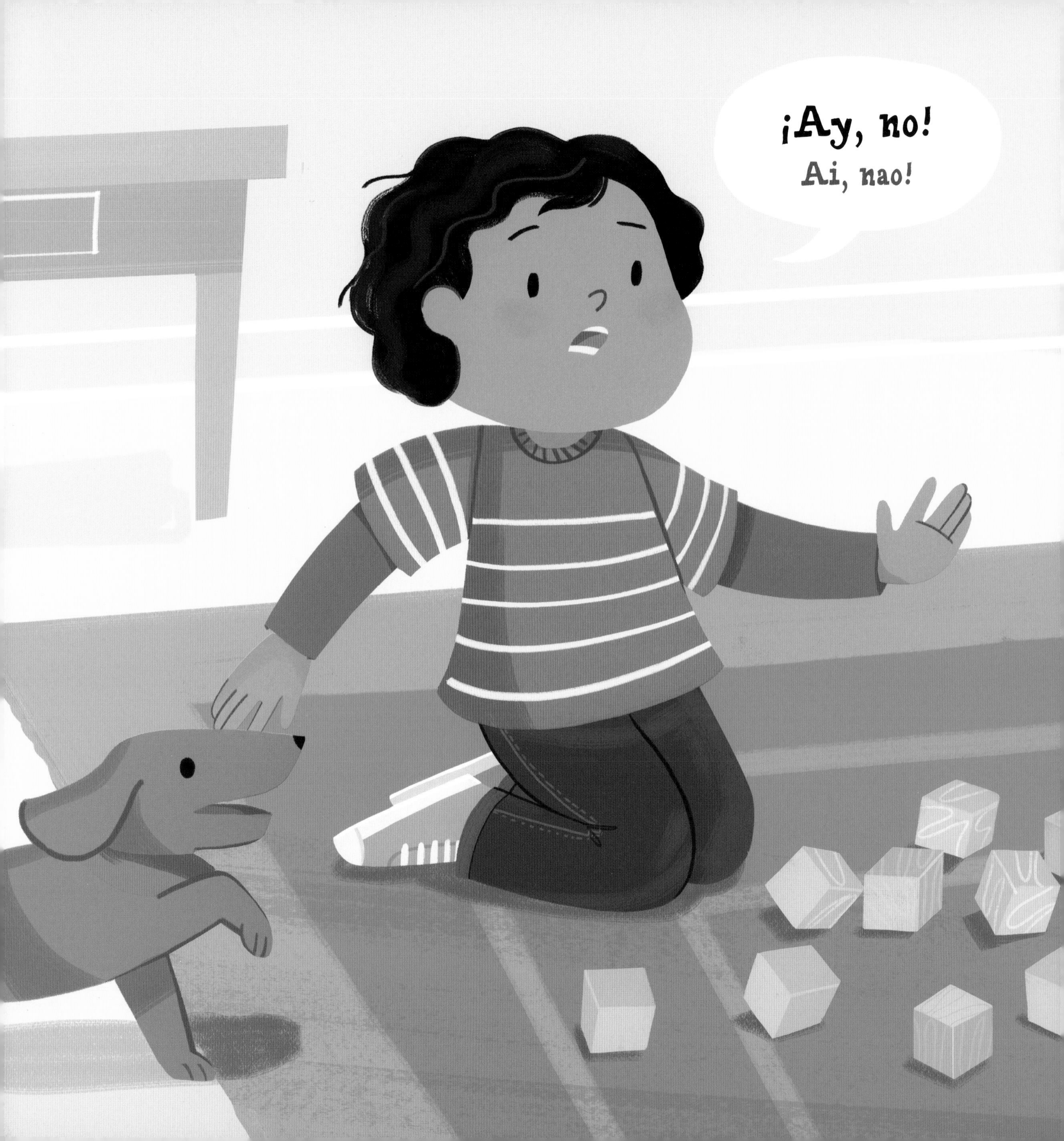
¡Ay, no!
Ai, nao!

A Lia le encanta
tomarse su tiempo.

Lia enjoys taking
her time.

Pero cuando bajan corriendo por la escalera hasta la tienda de la familia y piden sus meriendas brasileras preferidas...

But when they run downstairs to their family's store and pick their favorite Brazilian snacks . . .

¡Papá! ¡Quiero biscoito de polvilho!
I want biscoito de polvilho, Papai!

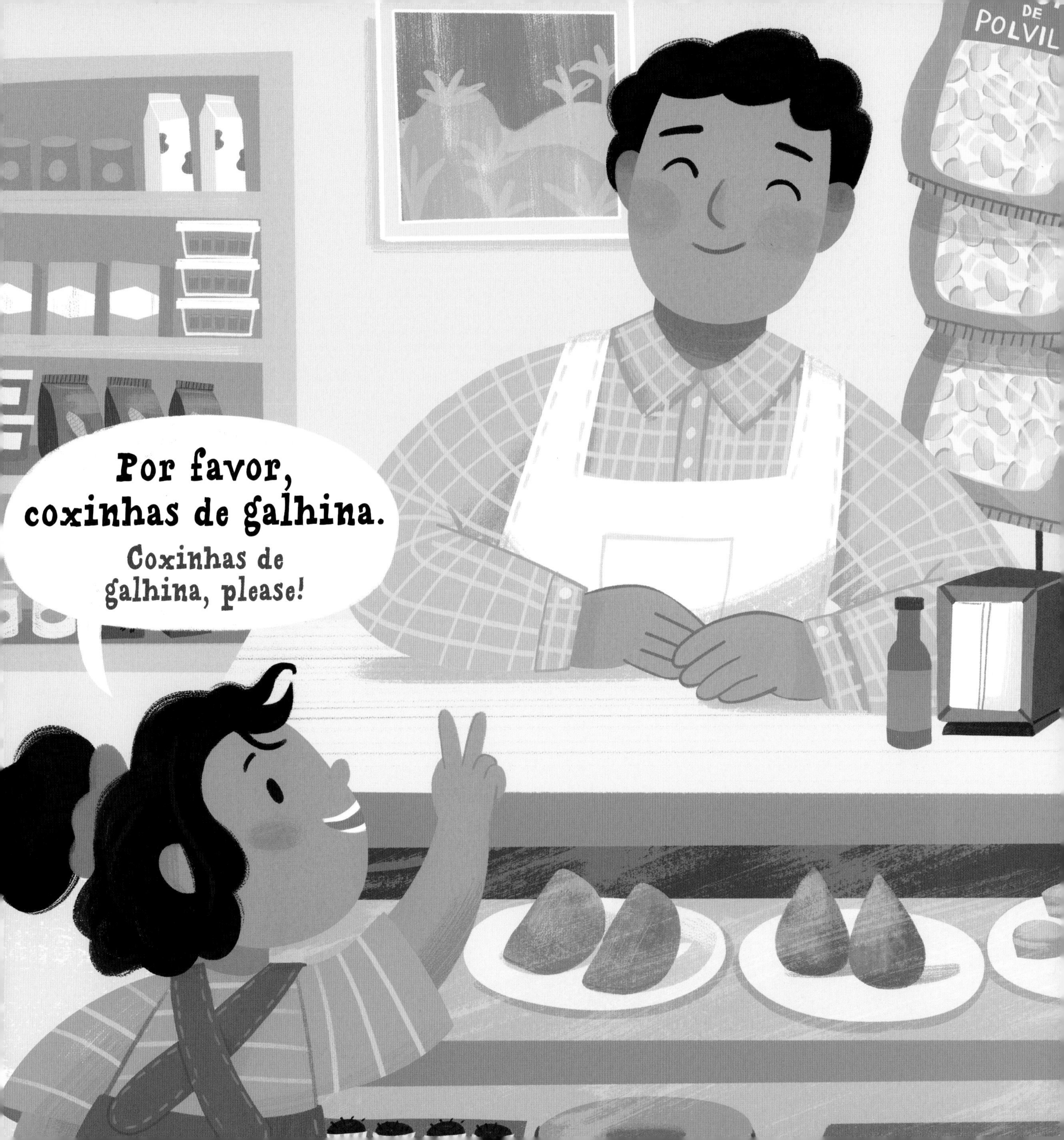
Por favor, coxinhas de galhina.
Coxinhas de galhina, please!

Luís empieza a presumir.

Luís starts bragging.

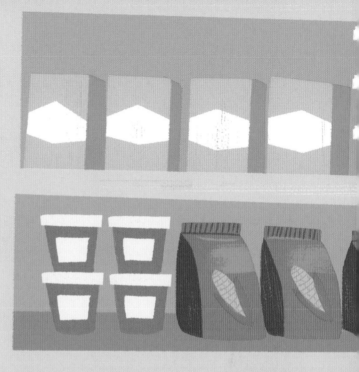

Y a Lia eso no le gusta.

And Lia doesn't like it.

Por una vez, Luís tiene razón.

For once Luís has a point.

BISCOITO DE POLVILHO

Su bolsa de galletas de tapioca es más grande que la bolsa de croquetas de Lia.

His bag of tapioca biscuits is bigger than Lia's bag of croquettes.

Es más alta.
Más ancha.
Más honda.

It's taller.
Wider.
Deeper.

BISCOITO
DE
POLVILHO

Luís debe tener más.
Luís must have more.

Rápidamente, Lia dice que
no está de acuerdo.

Lia is quick to disagree.

¿No sabes contar?
¡Yo tengo más!

Can't you count?
I have more!

Ella tiene dos croquetas.

Luís tiene solo una bolsa de galletas.

Quizás Lia realmente tiene más.

She has two croquettes.
Luís has only one bag of biscuits.
Maybe Lia does have more.

BISCOITO
DE
POLVILHO

O quizás no.
Or maybe not.

¡No! ¡Yo tengo más!
Não! I have more!

Luís tiene 1, 2, 3...
98, 99, 100 galletas.

Luís has 1, 2, 3, . . .
98, 99, 100 biscuits.

BISCOITO DE POLVILHO

Cien es mucho
más que dos.
Sin duda, gana Luís.

A hundred is way
more than two.
Luís wins. No doubt.

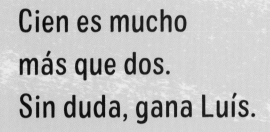

Pero Lia no está convencida todavía.
Después de todo, una galleta es mucho más
pequeña y más liviana que una croqueta.

Lia is still not convinced.
After all, one biscuit is
much smaller and
lighter than
a croquette.

Luís quiere comer.
Pero Lia lo detiene.

Luís just wants to eat.
But Lia stops him.

Lia se queda pensando.
Se toma su tiempo.

Lia thinks some more.
She takes her time.

Hasta que las croquetas se
empiezan a sentir más pesadas...

Until the croquettes start to feel heavier . . .

y más pesadas.

and heavier.

Lia tiene una solución.

Lia has a solution.

Lia vuelve a la tienda.
Toma una balanza vieja.

Lia runs to the store.
She gets the old scale.

Y así obtienen la respuesta.

And they have an answer.

¡Yo tengo más!

I have more!

Las croquetas de Lia son
más pesadas.
Ella gana.

Lia's croquettes are heavier.
She wins.

Luís está triste.

Luís is sad.

**Pero a Lia se
le ocurre una idea.**

But Lia has an idea.

Comen la merienda juntos.
Pero siempre quieren más.

Together they eat up their snacks.
But they are always ready for more.

¿Más?
More?

GLOSARIO GLOSSARY

La gente de Brasil habla portugués, pero tienen muchos acentos diferentes. La familia de Lia y Luís son brasileros que viven en Estados Unidos y tienen acento de San Pablo.

People all over Brazil speak Portuguese, but they have different local accents. Lia and Luís's Brazilian American family speaks with the accent of people from São Paulo.

Biscoito de polvilho: (bees-QUOY-toh deh poe-VEE-lyo)

galletas de tapioca

tapioca biscuits

Coxinhas de galinha: (koh-SHEE-nyas deh gah-LEE-nya)

croquetas de pollo

chicken croquettes

Lia: (LEE-uh)

el nombre de una chica

a girl's name

Luís: (loo-EES)

el nombre de un chico

a boy's name

Mais: (mah-ees, *como una sílaba/ said as one syllable*)

más

more

Não: (nuh-oom, *como una sílaba/ said as one syllable*)

no

no

Obrigado: (oh-bree-GAH-doh, *con una* r *vibrante/with a rolled* r)

gracias

thanks

Papai: (pah-PIE)

papá

Daddy

Para: (PAH-rah, *con una* r *vibrante/with a rolled* r)

para

stop

EXPLOREMOS LAS MATEMÁTICAS
EXPLORING THE MATH

Lia y Luís exploran las matemáticas comparando y midiendo. Mientras tratan de averiguar quién tiene más, descubren varias formas de comparar. Cuando los niños comparan cantidades, empiezan a entender el concepto de cantidad, peso y otras medidas.

Lia and Luís explore the math of comparing and measuring. As they try to figure out who has more, they discover many ways to compare. When children compare amounts, they build their understanding of quantity, weight, and other measurable features.

¡Pruebe esto! Try this!

Anime a los niños a comparar objetos. Vayan al mercado y pídales que busquen una papa que sea más grande que una manzana. ¿Cómo saben que es más grande?

Encourage children to compare objects. At the grocery store ask them to find a potato larger than an apple. How can they tell it's larger?

Pídales a los niños que expliquen su razonamiento:
"¿Cómo saben si tienen más?
¿En qué se parecen las dos cosas?
¿En qué se diferencian?"

Ask children to talk through their reasoning.
"How do you know that you have more?
How are these two things the same?
How are they different?"

A medida que los niños explican lo que comparan y por qué lo hacen, aprenden el concepto de medir, ¡y usted aprende cómo piensan ellos!

—Sara Cordes, PhD
**Profesora Auxiliar de Psicología,
Boston College**

As children explain what they're comparing and why, they'll learn about measurement—and you'll learn how they're thinking!

—Sara Cordes, PhD
**Associate Professor of Psychology,
Boston College**

Para más actividades, visite **www.charlesbridge.com/storytellingmath**
For more activities visit www.charlesbridge.com/storytellingmath

A Stacy, la mejor amiga que un escritor
puede tener. A. C.

To Stacy, the best friend a writer could have—A. C.

A Mariana, mi hermana mayor, que
era una genia de las matemáticas cuando
teníamos que dividir nuestra merienda,
y a Ana, mi hermana menor, que
siempre se unía a la fiesta. G. M.

To my older sister, Mariana, who was a mathematical genius when it came to splitting
up our snacks, and to my younger sister, Ana, who always joined the party—G. M.

Spanish text copyright © 2022 by Charlesbridge;
translated by Carlos E. Calvo
Text copyright © 2020 by Ana Crespo
Illustrations copyright © 2020 by Giovana Medeiros

This book is supported in part by TERC under a grant from the
Heising-Simons Foundation.

Developed in conjunction with TERC
2067 Massachusetts Ave.
Cambridge, MA 02140
617-873-9600
www.terc.edu

Published by Charlesbridge
9 Galen Street
Watertown, MA 02472
(617) 926-0329
www.charlesbridge.com

Printed in China
(hc) 10 9 8 7 6 5 4 3 2 1
(pb) 10 9 8 7 6 5 4 3 2 1

Library of Congress Cataloging-in-Publication Data
Names: Crespo, Ana, 1976- author. | Medeiros, Giovana, illustrator. | Calvo, Carlos E.,
    translator. | Crespo, Ana, 1976- Lia y Luís. | Crespo, Ana, 1976- Lia y Luís. Spanish.
Title: Lia y Luís: ¿quién tiene más? = Lia & Luís: who has more? / Ana Crespo; illustrated
    by/ilustrado por Giovana Medeiros; translated by/traducido por Carlos Calvo.
Other titles: ¿Quién tiene más? | Storytelling math.
Description: Watertown, MA : Charlesbridge Publishing, [2022] | Series: Storytelling math
    | In Spanish and English. | Summary: Brazilian American twin siblings, Lia and Luís,
    are always competing, even when it comes to their favorite Brazilian snacks from
    their family's store; they want to know which of them has more, and they use various
    mathematical techniques to pick a winner—and then share the delicious results.
Identifiers: LCCN 2020046827 (print) | LCCN 2020046828 (ebook) | ISBN 9781623542078
    (hardcover) | ISBN 9781623542085 (paperback) | ISBN 9781632893017 (ebook)
Subjects: LCSH: Brazilian Americans—Juvenile fiction. | Brothers and sisters—Juvenile
    fiction. | Ethnic food—Juvenile fiction. | Competition (Psychology)—Juvenile fiction.
    | Sharing—Juvenile fiction. | CYAC: Brazilian Americans—Fiction. | Brothers and sisters—
    Fiction. | Twins—Fiction. | Comparison (Philosophy)—Fiction. | Measurement—Fiction.
    | Ethnic food—Fiction. | Snacks—Fiction. | Competition (Psychology)—Fiction.
Classification: LCC PZ73 .C747 2021 (print) | LCC PZ73 (ebook) | DDC [E]—dc23
LC record available at https://lccn.loc.gov/2020046827
LC ebook record available at https://lccn.loc.gov/2020046828

Illustrations done in digital media
Display type set in Strike One by Creativeqube and Handegypt by Matt Desmond
Text type set in Colby Narrow by Jason Vandenberg and Handegypt by Matt Desmond
Color separations and printing by 1010 Printing International Limited in
    Huizhou, Guangdong, China
Production supervision by Jennifer Most Delaney
Designed by Sarah Richards Taylor, Jon Simeon, and Ellie Erhart